Renate Sültz & Uwe H. Sültz

SYLTER-

Kurzgeschichten für Eilige

BoD - Books on Demand

Norderstedt 2017

Bibliografische Information durch die Deutsche Nationalbibliothek

Die Deutsche Nationalbibliothek verzeichnet diese Publikation in der Deutschen Nationalbibliografie; detaillierte bibliografische Daten sind im Internet über http://dnb.dnb.de abrufbar.

© 2017 Renate Sültz & Uwe H. Sültz

Herstellung und Verlag: BoD – Books on Demand, Norderstedt

ISBN 978-3-739-24119-7

SYLT – Eine Insel zum Träumen. Ob Frühling, Sommer, Herbst oder Winter... die Insel ist immer eine Reise wert!

Inhalt:

04 Inseldiamanten

09 Kurzer Prozess mit der Mafia

11 Eine nette ältere Dame

14 Sylt – Mord unter Deck?

21 Ein unglaublicher Zufall

24 Flaschenpost

27 Verlobung in Westerland

30 Drei nette ältere Herren

32 Der Baum

35 Der Überfall mit Folgen

38 Ein gemeiner Mord

42 Eine Straßenbekanntschaft

46 Informationen über die Sylter Inselbahn

49 Informationen über die Straße der Höflichkeit

50 Informationen über das alte Sylt Ost Wappen

Inseldiamanten

Es war kein Blitzüberfall in Kampen. Nicht einmal eben mit der Knarre rein, Geld raus und abhauen. Von der Insel kommt niemand unerkannt. Schon gar nicht in den 1970'er Jahren. Außerdem kannte Kriminalhauptmeister Werner Feddersen alle. Also so ging es nicht. Die 5 Männer haben sich wirklich gut vorbereitet. Sie wussten auch, was Feddersen für ein harter Hund war. Also musste es eine perfekte Vorbereitung sein. Im Sommer kamen also 5 Männer getrennt auf die Insel. Mit Bahn und Auto, getarnt als Urlauber. Der Eine mit Koffer, der Andere mit Rucksack, sogar mit einem alten Kinderwagen. Am Strand von Westerland bereiteten sie ihren Coup gründlich vor.

Zunächst kundschafteten sie alle Juweliere auf der Insel aus. Wie waren die Türen gesichert, wie viele Angestellte gab es, wie waren die Geschäftszeiten, und so weiter. Fündig wurden sie bei Theo Müller in Kampen. Juwelier Müller war auch Goldschmiedemeister. Er fertigte viele schöne Schmuckstücke aus Gold für seine Kundschaft ganz individuell an. Da kam es nicht auf einen Tausender an. Hauptsache von der Insel sollte es sein. Theo

Müller hatte immer eine gute Reserve Feingold auf Lager.

Außerdem wurden die Männer noch in Westerland fündig. Sie studierten auch dort die Alarmanlage und die Schlösser.

Als nächstes mieteten die 5 Männer ein Ladenlokal in Westerland. Viel Werbung wurde betrieben, um auf das neue Geschäft aufmerksam zu machen. In großen Buchstaben stand der Name über dem Geschäft: AUKTIONSHAUS & ANTIQUITÄTEN BERND HASEN

Nun organisierten sie zur Neueröffnung in 3 Wochen eine Verlosung. Lose wurden gedruckt, Plakate aufgehängt und sie selbst verteilten die Lose bei den Geschäftsleuten. Natürlich könnte man sie jetzt erkennen. Aber der Name Bernd Hasen kommt nicht von ungefähr. Die Männer traten natürlich im Hasen-Kostüm auf.

Wie konnte man es sich anders denken, die großen Hauptgewinne viele auf beide Juwelier-Geschäfte. Die Hauptgewinne waren ein Urlaub in den Bergen vom 22.12. bis zum 2.1. des Jahres. Die Geschäftsleute waren überglücklich... endlich einmal Urlaub über die Feiertage.

Verkleidet als Sicherheitstechniker besuchten sie die Juweliere, um die Alarmanlagen zu kontrollieren. Außerdem boten sie den Geschäftsleuten an, für nur 80 Mark eine tägliche Kontrolle durchzuführen. Das war natürlich ein Schnäppchen, sowie eine totsichere Absicherung.

Der Tag der Abreise kam. Mit einem Magnet simulierten die Ganoven nun einen Fehlalarm. Die Alarmanlage konnte daher nicht eingeschaltet werden. „Was soll ich jetzt nur machen? In 2 Stunden geht der Autozug aufs Festland.", fragte Theo Müller aufgeregt am Telefon. „Machen sie sich keine Sorgen, Herr Müller. Unsere Wachleute und der Techniker sind in etwa 3 Stunden bei ihnen. Wenn sie am Urlaubsort angekommen sind, werden sie von der Rezeption informiert, dass alles in Ordnung ist."

Alles nahm seinen Lauf. Mühelos waren die 5 Ganoven im Kampener Geschäft. Aus allen Schmuckstücken wurden nun die Brillanten herausgehebelt. Sie wurden in Muschelschalen gelegt und mit Wachs übergossen. Das Gold schmolzen die

Ganoven und gossen es in Metallreservekanister. Jetzt ging es nach Westerland. Hier folgten die gleichen trainierten Handgriffe. Brillanten raus... Muschelschalen mit Brillanten und Wachs füllen... Gold schmelzen... Benzin-Kanister ins Auto bringen und nix wie weg.

Irgendwie hatte Theo Müller doch ein ungutes Gefühl. Gerade deswegen, weil er seine Konkurrenz aus Westerland ebenfalls am Hamburger Flughafen traf. „Meine Alarmanlage ist ausgefallen.", sagte er. „Meine auch.", sagte sie. Vom Flughafen aus rief Theo Müller sogleich in Hörnum an: „Hallo. Hier Müller, Theo Müller. Bitte Herrn Kriminalhauptmeister Feddersen bitte. ... Werner, hier Theo. Bitte überprüfe einmal mein Ladenlokal und das von Gerda Kolrep in Westerland. Wir haben einen schlimmen Verdacht."

Sofort machte sich Kriminalhauptmeister Werner Feddersen mit seinen Kollegen auf den Weg. Natürlich stellten sie sofort den Einbruch fest. „Hier liegen jede Menge Muschelschalen im Papierkorb, Chef. Sie sind mit Wachs gefüllt. Was sollte das werden? Konnte hier vor der Abreise keiner putzen?", fragte Polizeibeamter Dirk Nolte. Kriminalobermeister Hamelau schaute Werner Feddersen an und sagte:

„Mensch Werner, die haben die Brillis in die Muscheln eingewachst." Kriminalhauptmeister Werner Feddersen reagierte sofort. Er schnappte sich das Funkgerät: „Achtung! Großeinsatz! Lasst sofort den Autozug und die Fähre sperren. Niemand kommt von der Insel! Alle verfügbaren Kräfte teilen sich auf."

Feddersen nahm sich den Autozug vor. Gerd Hamelau fuhr sofort nach List zur Fähre. Feddersen schaute rein zufällig auf einen Ford Transit. „Der ist ja echt sportlich tiefergelegt. Den überprüfen wir zuerst." Und tatsächlich standen Kisten mit Muscheln und jede Menge Benzin-Kanister im Laderaum.

Ja, Kriminalhauptmeister Werner Feddersen bekam sie alle... niemand kommt unbemerkt von der Insel Sylt runter.

Kurzer Prozess mit der Mafia

In den Dünen dürfen weder Menschen noch Tiere herumlaufen. Das ist auch gut so. Kommissar Martin Feddersen hatte heute seinen freien Tag und wanderte mit Mops Lilly auf der Panzerstraße in Richtung List. Plötzlich riss sich Lilly los und rannte in die Düne. „Komm' sofort zurück, Lilly… hierher… komm'… bei Fuß… … …" Martin konnte rufen wie er wollte, Lilly war weg. „Und das passiert mir.", rief er wütend.

Plötzlich kam Lilly zurück. In ihrer Schnauze trug sie ein Mitbringsel, das sie gern mit ihrem Herrchen teilen wollte. Es war eine Geldbörse. Martin Feddersen öffnete sie und fand italienische Lire, sowie den Ausweis von Luigi Rossi. Der Kommissar wollte nicht in die Düne laufen. Er ging zurück zum Fahrzeug und fuhr zu seinem Vater. Werner Feddersen war nun mittlerweile viele Jahre in Pension. „Warte einmal, Martin. Ja, ich erinnere mich, es war in den 1970'ern. Luigi Rossi war Mafia-Boss. Er wollte eine Rauschgift-Passage zwischen Dänemark und Sylt aufbauen, Munkmarsch sollte das Hauptquartier werden. Mein damaliger Kollege Peter Hansen übernahm den Fall. Auf einmal war Luigi jedoch verschwunden.", erinnerte sich Kriminalhauptmeister a.D. Werner Feddersen.

Jetzt wurde die Düne abgesucht. Da die Düne wandert, legte sie den Toten fast frei. In der Jackentasche fanden sie einen Brief, er war kaum lesbar: "Lieber Kollege und Freund Werner. Wenn du dies liest, ist der Fall mit dem Aktenzeichen Sylt AD 45/Mafia erledigt. Ich hatte einfach keine Handhabe gegen Luigi Rossi. Aber er hatte mit Rauschgift zu tun. Meine Tochter starb daran. Sie wurde außerdem missbraucht. Als ich von meinem Krebs erfuhr, erschoss ich das Schwein und brachte ihn in die Dünen. Verzeih mir, Gott, verzeih mir, mein Freund Werner. Dein Freund Peter."

Eine nette ältere Dame

Maria Müller bestellte gerade in der Bäckerei vier Brötchen und ein Bauernbrot. Plötzlich fasste sie sich an die Brust und wimmerte: „Mein Herz, mein Herz." Dann sackte sie langsam zusammen. Bäckerin Greta Harnbacher drehte die Wählscheibe an ihrem Telefon. „Bitte schnell einen Arzt, schnell bitte. Bei Harnbacher zur alten Mühle." Eine Menschenmenge sammelte sich in der Bäckerei und davor, während alle auf den Krankentransporter warteten. Niemand bemerkte, wie zwei gutgekleidete Herren, mittleren Alters mit Aktenkoffer die gegenüberliegende Bank betraten. Es bemerkte auch niemand, wie zwei gutgekleidete Damen den daneben liegenden Juwelier betraten. Niemand merkte, wie zwei Halbstarke mit Elvis-Tolle, sich vor den Türen der Bank und des Juweliers positionierten. Die Halbstarken, in Jeans und Lederjacke, schauten regelmäßig auf ihre Uhren und gaben sich Zeichen. Währenddessen zückten die beiden Herren in der Bank, Maske und Eisen. „Jeder bleibt da, wo er gerade steht. Dies ist ein Banküberfall, wir machen Ernst und im Koffer ist eine Bombe." Der eine hielt die drei Angestellten in Schach und der andere räumte die Kasse leer. Alles Geld packte er gierig in große Tüten, die in dem Koffer waren. Derjenige, der die Angestellten in Schach hielt, stellte einen Aktenkoffer mit einem tickenden Etwas mitten in den Kassenraum. Drähte schauten heraus. Die Gauner hauten in aller Seelenruhe ab und wendeten ihre schwarzen Mäntel, sodass sie nun weiß waren. Im Juweliergeschäft spielte sich fast das Gleiche ab. Die eleganten Damen ließen sich beraten. Plötzlich hatten sie statt eines Taschentuchs einen Revolver in der Hand. Nicht sehr groß, aber sehr effektiv. Ruck-zuck räumten sie die Auslage leer. Diamantringe und Armbänder und Uhren. Einfach alles was ihnen zwischen die Finger kam. Der Juwelier und seine Angestellten hockten in einer Ecke. Vier Meter vom Not-Schalter entfernt, um bei der Polizeiwache Alarm zu schlagen. Beide sahen nicht, wie die Diebinnen eine andere Perücke aufsetzten. Diese Perücken waren schwarz. Die Mäntel der Damen wurden auch gewendet, so dass sie weiß waren. Inzwischen traf der Krankenwagen ein. Polizisten befragten die Bäckerin. Zwei Notärzte trugen auf einer Bahre die ältere Dame Maria Müller zum Krankenwagen. In diesem Augenblick gaben die Halbstarken den Männern in der Bank und den Frauen im Juwelierladen ein Zeichen. Die vier Erwachsenen gingen auf den Krankenwagen zu, zwangen die Ärzte einzusteigen und brausten mit Blaulicht los. In einem nahegelegenen Waldstück zwangen sie die ältere Dame als Geisel mit in ihren gestohlenen Fluchtwagen zu steigen. Die Bande, einschließlich der Halbstarken, floh über alle Grenzen und wurde nie wieder gesehen. Im abgestellten Koffer in der Bank war übrigens keine Bombe, sondern ein alter Wecker. Maria Müller hieß auch nicht so, sondern war die Großmutter der Bande. Auch die Enkel waren involviert. Und der Clou: Großmutter entwickelte den Plan!

Sylt – Mord unter Deck?

Schweißgebadet wachte Kriminalhauptkommissar Jens Petersen um 7 Uhr auf. „Ulla!", schrie er, „ich habe verschlafen!" Jedoch waren seine Frau Ulla und Tochter Roberta auf Mallorca. „Was wollen die beiden auf Mallorca? Sylt ist die schönste Insel", grummelte Petersen. Es war ein Gewinn für zwei Personen. Sieben Tage Malle mit allem Drum und Dran. „Moin!", rief Petersen in die Runde auf der Wache in Westerland. „Schlecht geschlafen, Herr Kollege?", fragte Kommissar Friedrichsen. „Ach, Ulla ist im Urlaub. Ich habe von einem Mord in List geträumt und dachte, ich hätte verschlafen", so Petersen. „Hier ist doch sowieso nichts los", sagte Praktikant Hannes Hansen kleinlaut. „Irrtum, Herr Oberkommissar in Wartestellung! Nicht in List ist etwas los, sondern in Munkmarsch. Meine Herren, ab zum Einsatzort!", entgegnete Friedrichsen. Im Hafen von Munkmarsch angekommen, zeigte Kellner Sörensen auf die Motoryacht „Anna Nass". „Der Gast wollte bereits vor dem gestrigen Sturm im Hafen anlegen, nun liegt er bei Ebbe und Flut am Watt. Die Yacht war leicht gekippt und lag nun trocken. „Wie kommen wir nun zu diesem Schiff?", fragte Praktikant

Hansen. „Na zu Fuß, Hannes, außerdem ist das kein Schiff sondern eine Yacht. Nun hole die Gummistiefel aus dem Auto", ordnete Kriminalhauptkommissar Jens Petersen an. „Ich habe auch die Leiter mitgebracht!", rief Hannes Hansen stolz. „Aus dir wird noch ein echter Oberkommissar – nach der Wartestellung", lachte Petersen. Auf der Yacht wartete jedoch eine Überraschung. Sie fanden den leblosen Körper von Dirk van Bertram, sein Kopf schwamm in einer Blutlache. Der Tote lag auf dem Bauch. Die Untersuchung begann. „Vergiss die Handschuhe nicht, Hannes!", rief der erfahrene Kommissar Petersen seinem Praktikanten zu. „Hier liegt eine Brieftasche. Der Name des Toten ist Dirk van Bertram. Seltsam, 2500 Euro sind im Scheinfach. Wollte die der Mörder etwa nicht?", wunderte sich Hannes Hansen. „Es muss ja kein Mord sein, Hannes", entgegnete Petersen. „Er wird sich doch nicht selbst einen auf die Mütze gegeben haben!", sagte der Praktikant. „Apropos Mütze, eine Kapitänsmütze lag auf dem Deck", so Petersen. Er rief Dr. Knudsen in Keitum an, um den Toten untersuchen zu lassen. Nach zwei Stunden hatten beide die Yacht auf den Kopf gestellt. Nichts Auffälliges konnten sie finden. „Hannes, hole den Dok aus Keitum ab, er ist jetzt in seiner Praxis", sagte Petersen. „Chef, die Flut ist gekommen. Soll ich das kleine Schiff nehmen?", fragte Hannes Hansen. „Das ist ein Boot, du Tütkopp, ein Schlauchboot mit Motor!", rief Petersen. „Spaß, Chef, war doch nur Spaß!" „Moin, Jens. Was kann ich für dich tun?", fragte Dr. Knudsen. „Ach, ich sehe es schon." Dr. Knudsen drehte den Toten auf den Rücken. „Hier ist ja noch eine Brieftasche zu finden!", rief Hannes Hansen. „Ja, da schau an. Na, der Fall wird wohl sehr einfach zu lösen sein. Herbert Hövel gehört die Brieftasche. Ausweis, Führerschein und 200 Euro sind darin", freute sich Kriminalhauptkommissar Petersen. „War es ein Unfall oder ein Mord, Dok?", fragte der Praktikant. „Es war ein Schlag auf die Schläfe, sucht nach entsprechenden Gegenständen", so der Doktor. „Tja, da haben wir viele Möglichkeiten. Hier liegen Sektflaschen, schwere Bierkrüge, Werkzeuge und sogar ein Toaster herum", der Kommissar fuhr sich durch die Haare. „Es kann ein Unfall gewesen sein, verdächtig ist die zweite Brieftasche", so Petersen weiter. Zurück in der Wache schrieb Kriminalhauptkommissar Jens Petersen seinen Bericht. „… es wurde eine weitere Brieftasche gefunden, mit Ausweispapieren von Herrn Herbert Hövel", murmelte Petersen. „Herbert Hövel?", fragte Kommissar Friedrichsen, der gegenüber saß.

„Den haben wir vor zwei Stunden aus einer Bar abgeholt. Er konnte die Zeche nicht bezahlen", so Friedrichsen weiter. „Dann haben wir ein Problem. Vielleicht war es doch ein Unfall", überlegte Petersen. Nachfolgende Recherchen ergaben, dass sich Herbert Hövel und Dirk van Bertram gut kannten. Dirk van Bertram war Diamantenhändler und Herbert Hövel Kurier. Herbert Hövel gab an, nachts noch vor dem Sturm eine Tour durch die Whisky-Meile unternommen zu haben. Nach dem Abendessen in Munkmarsch steckte van Bertram wohl aus Versehen Hövels Brieftasche ein. Hövel konnte seine Aussage belegen und wurde frei gelassen. „Nun, dann wird van Bertram durch den heftigen Seegang im Sturm gestürzt sein. So hat er sich dann wohl die Kopfwunde zugezogen", vermutete Jens Petersen. „Das ist ja wieder ein langweiliger Fall", murmelte Praktikant Hannes Hansen. „Auf keinem der Gegenstände sind Spuren zu finden", sagte der Doktor, der seinen Bericht abgeben wollte. „Aber von so vielen Flaschen Rum und Champagner bin ich ganz besurpen, nehmt bloß keine Blutprobe bei mir!", lachte er. „Wenn Sie wieder nüchtern sind, dann sagen Sie, ob Ihnen sonst nichts aufgefallen ist", sagte Friedrichsen. „Wenn Sie so fragen, eine Gürtelschlaufe ist gerissen. Aber das wird wohl nicht wichtig sein, obwohl, es ist eine Qualitätshose von Boss", ergänzte Knudsen. "Hannes, zeige noch einmal die Brieftasche vom Opfer!", rief Petersen. "Schaut einmal, hier ist eine Öse, es könnte eine Kette angebracht gewesen sein", so Petersen weiter. "Genau, und diese ist an der Gürtelschlaufe befestigt gewesen", überlegte Dr. Knudsen. "Dann sucht die Kette!", ordnete Friedrichsen an. Die Yacht lag im Hafen von Munkmarsch. Kriminalhauptkommissar Jens Petersen und Praktikant Hannes Hansen zerlegten nun alles. "Was vermuten Sie, Chef?", fragte Hansen. "Nun, entweder wollte der Tote seine Brieftasche mit einer Kette sichern oder es war etwas an der Kette, was abgerissen wurde", sagte Petersen. "Finden wir die Kette, dann ist der Fall abgeschlossen und du hast pünktlich Feierabend!" "Boa, das ist ja Luxus pur, der LED-Fernseher verschwindet auf Knopfdruck hinter eine Wand!", rief Hannes. "Und? Suche weiter!", rief Petersen. "Ja, dieses Bild müsste eigentlich dort hängen, hier ist der Haken zum Aufhängen", staunte Hannes Hansen. "Chef, da ist ein Tresor hinter dem Fernseher!", schrie der Praktikant. Am Tresor war ein Schlüssel eingesteckt. Am Schlüssel hing eine Kette. Es war die gesuchte Kette. Jetzt war es wahrscheinlicher, dass es sich doch um

Mord handelte. Die Kette mit Schlüssel könnte bei einem Kampf abgerissen worden sein. „Diamanten, 2.500 Euro in der Brieftasche, Alibis, hier stimmt doch etwas nicht", analysierte Jens Petersen. Petersen ordnete die Überwachung von Herbert Hövel an. Der tourte immer noch in der Whisky-Meile umher. Jetzt war er in ständiger Begleitung eines jungen Mannes. „Das ist alles sehr verdächtig. Lasst uns Undercover arbeiten", sagte Petersen auf der Wache. „Ich erledige das!", rief Praktikant Hannes Hansen. „Na, dann zeig mal, was du kannst, Herr Oberkommissar in Wartestellung", sagte Kommissar Friedrichsen. In der Bar wartete Hansen bis Herbert Hövel abgefüllt war. Dann kam die Gelegenheit, um mit Hövels Begleiter Kontakt aufzunehmen. Beide schwärmten für Ferrari, Rolex und Frauen. „Ich bin der Siggi. Lass uns noch einen heben, mein Vater ist ja schon fertig mit der Welt!", sagte Siggi Hövel, dessen Name ja nun bekannt wurde. „Ja, eine Rolex hätte ich auch gern", schwärmte Hannes Hansen. „Die kann ich alle kaufen, alle! Schau her, ein ganzes Säckchen Diamanten. Mein Vater und ich handeln damit. Uns gehört die Welt!", ritt sich Siggi in die Falle. Noch in der gleichen Stunde wurden Vater und Sohn Hövel festgenommen. Beide gestanden, die Geschichte vorgetäuscht zu haben, um an die Diamanten zu kommen. Was interessieren 2.500 Euro, die Diamanten hatten einen Wert von einer Million. Siggi Hövel erschlug Dirk van Bertram und raubte die Diamanten. Die Tatwaffe, ein Flasche Rum, warf er über Bord. Der Fall war gelöst. „Endlich einmal Action!", rief Praktikant Hannes Hansen.

Ein unglaublicher Zufall

Die großen Sommerferien 1932 hatten begonnen. Ich freute mich schon sehr darauf, meine Großeltern in Kampen auf Sylt besuchen zu können. Mein Name ist Gerda Schmitt, mit zwei T. Wir waren nicht sehr reich, erst viel später erklärte mir mein Vater, dass er bei der Weltwirtschaftskrise 1929 sehr viel Geld verloren hatte. Meine Oma und mein Opa hatten auf der Insel ein schönes kleines Häuschen mit Reetdach und ihre gute Rente. Oma schickte mir immer Taschengeld zu. Mutti packte alle meine schönsten Sachen ein. Nach langer Bahnfahrt erreichten wir den Hafen Hoyer Schleuse in Dänemark. Ein Raddampfer brachte alle Gäste auf die Insel. Es war ein schöner Sommertag, aber sehr stürmisch. Meine Puppe Mimi hielt ich fest im Arm. In Munkmarsch brachte mich die Sylter Inselbahn nach Westerland. Dort holte mich Opa Wolfgang mit seiner Pferdekutsche ab. Jetzt freute ich mich riesig, Oma Annemarie wiederzusehen. Von weitem roch ich schon den leckeren Apfelkuchen. Ach, es waren wunderschöne Ferien. Viel zu schnell gingen sie vorbei. Als Oma meine Reisekoffer packte, wollte sie ein Armband darin verstecken. Es sollte ein Geschenk an Mutti sein. Opa meinte aber, sie sollte es lieber der

Puppe anlegen, dann würde niemand glauben, dass es echt sei. In Munkmarsch musste ich lange auf den Raddampfer warten. Ich holte meine Puppe aus dem Koffer und spielte mit ihr. In den Sonnenstrahlen funkelten die Steine im Armband. Es war wieder sehr stürmisch. Plötzlich ging alles sehr schnell, der Raddampfer legte an und wir mussten uns alle beeilen. Der Raddampfer machte ein großes Getöse. Ich schaute mir die riesigen Schaufelräder an und da passierte das Unglück. Meine Puppe fiel über Bord. Meine Oma erwähnte das Armband niemals gegenüber meiner Mutter. Ich war noch sehr oft bei meinen Großeltern gewesen. 1960 starben Oma und Opa. Mittlerweile war ich verheiratet. Mit meinem Mann eröffnete ich ein Geschäft für Haushaltswaren, wir waren hochverschuldet. Ausgerechnet jetzt starben meine Großeltern. Opa Wolfgang starb nur fünf Wochen nach Oma. Ich erbte ihr mit Reed gedecktes Haus. Viele schöne Erinnerungen verband ich mit dem Haus. Es roch wieder nach Apfelkuchen, ich meinte es zumindest. Trotzdem würde ich wohl das Haus notgedrungen verkaufen müssen. Traurig ging ich am Strand von Wenningstedt spazieren. Ich ging auf das Rote Kliff zu. Ich weiß nicht, wie ich es erklären soll, vielleicht gar nicht, vielleicht glaubt man mir auch nicht, vielleicht macht sich jeder seine eigenen Gedanken. Aber bei einem Gebet, ja es war mehr, es war ein Gespräch mit Oma, spülte eine große Welle meine Puppe mit dem Armband an den Strand. Ich konnte mein Glück kaum fassen, bedankte mich tausend Mal bei Oma im Himmel. Das Armband war aus 750'er Gold und bestückt mit Brillanten von über 15 Karat. Das Erbe konnte ich nun annehmen. Auch unser Geschäft konnten wir vergrößern. Nun haben wir 2015. Wir wohnen seit langem in Oma und Opas Haus in Kampen. In zwei Tagen erwarten wir unsere drei Enkelkinder. Wir freuen uns sehr.

Flaschenpost

Die Brinkmanns machten regelmäßig an der See Urlaub. Doch was sie dieses Mal erlebten, war fast nicht zu glauben. An einem Nachmittag am Strand, wurde plötzlich eine Flaschenpost angeschwemmt. Eine eigenartige, Besorgnis erregenden Nachricht befand sich darin. Ein Hilferuf. Herbert und Britta konnten nicht ahnen, welcher Geschichte sie auf der Spur waren. Der Hilferuf einer jungen Frau, die um 1890 in einem Schloss gefangen gehalten wurde. Trotzdem schaffte sie es, dem Diener des Hauses einen kleinen Brief mitzugeben. Er steckte diesen Brief in eine Flasche und warf sie in den Fluss. Bis heute war sie unterwegs. Ein achtzehn Jahre altes Mädchen wurde von ihrem eifersüchtigen Vater, einem Graf, der sehr reich und beliebt war, eingesperrt. Er dachte nicht darüber nach, dass er seine Tochter vernichtete. Von dieser Geschichte wussten die Brinkmanns zu diesem Zeitpunkt noch nichts. Sie wunderten sich nur und wollten der Geschichte auf den Grund gehen. Ein altes Blatt, Büttenpapier, eigentlich nicht mehr so häufig in Gebrauch heute, war in dieser Flasche. Der Brief muss schon sehr alt sein, dachte Herbert. Das Mädchen schrieb mit zittriger Handschrift auf das Papier: „Bitte holt mich hier raus, ich bin zu jung und will noch nicht sterben. Mein Vater hält mich in diesem Schloss gefangen." Sie schrieb, dass sich dieses Schloss in Schottland befinden würde. Sie betonte immer wieder, dass sie nicht sterben wollte und Angst hätte. Weiter schrieb sie: „Mein Vater ist böse und lässt mich verhungern, nur weil ich mich mit dem Diener unterhalten habe." Dann brach dieser Brief abrupt ab, als wenn sie keine Kraft mehr gehabt hätte. „Was sollen wir nur tun?", fragte Britta. „Ich würde den Vorschlag machen", sagte Herbert, „alle Schlösser in Schottland und alle großen Anwesen ausfindig zu machen. Wenn wir dies erledigt haben müssen wir irgendwie in die schottischen Archive gelangen. Auch, wenn es uns eigentlich nichts angeht, so bin ich doch froh, wenn ich erfahren kann, was aus diesem Mädchen geworden ist. Und nun, lass uns noch unseren Resturlaub genießen. Wenn ich zu Hause bin, werde ich mich sofort an die Arbeit machen Britta." Zwei Wochen später waren sie wieder zu Hause in Österreich und fingen sofort an, die Flasche zu untersuchen. Es war eine mittelgroße Medikamentenflasche, wie sie damals für flüssige Arzneimittel benutzt wurde. Es wurden in den Apotheken in kleinsten Mengen die flüssigen

Medikamente abgegeben. Das Jahr, in dem dieses Drama geschah, konnte Herbert somit ermitteln. Nun wurde es Zeit, die Schlösser ausfindig zu machen. Zu jedem Schloss gab es eine Geschichte. Nur, um alles herauszufinden, mussten bestimmte Archive angeschrieben werden. Nach ein paar Tagen stellte sich heraus, dass ein Graf Winston Mac Neel mit seiner Tochter und seinem Diener allein gelebt hatte. Er war streng und grausam zu seiner Tochter. Sie durfte nichts, konnte sich mit keinem unterhalten und bekam dazu auch noch viel zu wenig Nahrung. Das nur, weil sie sich einmal mit dem Diener unterhalten hatte. Das arme Mädchen starb dann elendig und allein in ihrem Zimmer. Zudem war sie noch eingeschlossen und verhungerte. Britta sagte: „Mein Gott, das ist eine traurige und grausame Geschichte. Schlimmer geht's wohl nicht." „Nun wissen wir wenigstens, was geschah und wo diese Flaschenpost herkam. Ich werde für die hiesige Zeitung einen Bericht darüber schreiben", meinte Herbert. „So, und nun lass uns wieder an andere Dinge denken, denn das Leben geht ja weiter. Viele unglaubliche und grausame Dinge geschehen ständig. Wie einzigartig wäre die Menschheit, wenn wir dies verhindern könnten."

Verlobung in Westerland – 54,9°

Es war alles von Frank geplant, bis ins kleinste Detail setzte er alles um. Der Morgen war sonnig, es würden heute laut Wetterbericht 32 Grad werden. Bärbel hatte gestern Abend bereits die Koffer gepackt. „Kümmere dich nur noch um deine Akten, Liebster", sagte Bärbel. Frank war Makler, traf sich im Hotel Miramar zu einem wichtigen Termin, so sagte er es auf jeden Fall zu Bärbel. Bärbel und Frank waren nun bereits zwei Jahre befreundet, eigentlich mehr als befreundet. Die Fahrt von Frankfurt bis zum Elbtunnel in Hamburg war für Frank ein Kinderspiel. Zunächst ging es bei flotter Musik und 130 auf dem Tacho rasch vorwärts. Doch standen sie nach fünf Stunden mitten im Morgenverkehr vor dem Elbtunnel im Stau. „Das kann dauern", murmelte Frank. Im Radio liefen „Deutsche Schlager".

„Auch nicht so mein Ding", ergänzte Frank. Ein Klick auf das Radio und der MP3-Player spielte Bärbels Lieblingsmusik. Gegen dreizehn Uhr standen sie dann endlich auf dem Autozug, der sie nach Westerland bringen sollte. Die ersten zwei Tage auf der Insel verliefen prächtig. „Morgen ist unser Jahrestag", sagte Bärbel. „Ja, schade, dass ich morgen Abend den

Termin wahrnehmen muss, wir feiern unseren Tag nach, Darling", entschuldigte sich Frank. Mit einem herrlichen Frühstück begann der nächste Tag. Beide machten einen schönen Ausflug nach List. Sie bummelten durch die Alte Tonnenhalle, kauften dieses und jenes und saßen lange im Fischrestaurant. „Tja, um acht Uhr heute Abend vor zwei Jahren trafen wir uns das erste Mal. Ausgerechnet heute Abend bin ich nicht da", sagte Frank traurig. „Ich warte im Strandkorb am Strand auf dich, Liebster. Beeile dich bitte, wenn du kannst", sagte Bärbel mit trauriger Stimme. Gegen Abend packte Frank seine Aktentasche, ganz schön ausgebeult war sie. „Das sieht aber nach langen Verhandlungen aus", sagte Bärbel. Sie ging zum Strand und setzte sich in den gemieteten Strandkorb mit der Nummer 348. Gegen 19:50 Uhr zog eine schwarze Wolke auf. Es war aber immer noch. Pünktlich um 20 Uhr schlich sich Frank heran und überraschte Bärbel. Er kniete sich vor Bärbel und öffnete den Aktenkoffer. Eine Flasche Sekt und zwei Gläser waren darin, sowie ein kleines Päckchen. Während er das Päckchen öffnete, sagte er mit leiser Stimme: „Die Ringe sind erst vor 20 Minuten graviert worden, willst du meine ..." Plötzlich verspürte Frank einen Stich in der Brust und sank zusammen. Er merkte, dass eine Kugel ihn getroffen hatte. Sein Militäranzug war voller Blut. Sanitäter eilten herbei. „General, General, wir werden alles tun um sie zu retten!", schrie der Sanitäter. Die Welt sah düster aus. Bomben fielen auf die Stadt. Sirenen heulten. Der Himmel war blutrot. „Was passiert hier? Wo bin ich?", stammelte Frank. „Die Gegner haben uns bis hierher zurückgetrieben. Wir sind am Standort Breitengrad 54,9. Die Stadt Negrell ist verloren. General, General ..." Frank starb in den Armen des Sanitäters. „Entschuldige, Darling. Ich hatte einen schlimmen kurzen Traum", Frank stützte sich am Strandkorb ab und fuhr fort: „Willst du meine Frau werden?" Bärbel war überglücklich und antwortete mit einem „Ja". Es war der 8. April. Genau um 20 Uhr 7 überlagerten sich zwei Parallelwelten bei dem Breitengrad 54,9 und dem Längengrad 8,3. Frank starb in der Parallelwelt Gentogra in der Stadt Negrell und verlobte sich auf der Erde, in Westerland auf Sylt.

Drei nette ältere Herren

Es ist Freitag. Wie an jedem Freitag, treffen sich Karl, Ernst und Willi zu ihrer Männerrunde im Restaurant. Es wird Kaffee getrunken und geklönt über Gott und die Welt. „Mein Sohn hat sich ein Trecking-Rad gekauft, das ist ja ganz etwas anderes als ein Mountainbike!", sagt Willi. „Willi, ich fahre noch mit der alten Drei-Gang- Schaltung. Erzähl', wie läuft das Rad denn so?", fragt Ernst. Und so gingen die Gespräche weiter, vom Fahrrad über den

gestern gesehenen Film, bis zu Fußball. Karl, Ernst und Willi sind auch ausgesprochenen Fans dieser Sportart. Nun ja, eigentlich tut dies alles nichts zur Sache. Es wäre auch irgendwie langweilig. Die drei Männer kommen immer mit dem Bus zum Restaurant. „Lass' uns Omi 32 nehmen, dann geht es schon mit unseren Gesprächen sofort los.", schlug Karl vor vielen Jahren vor. Karl meinte damit die Linie 32 im gelben Omnibus. Er stieg zuerst ein. An der Luisenstraße stieg Ernst dazu. Zuletzt Willi an der Ecke Bismarckstraße/ Ernst Becker Weg. Gegen 12 Uhr 30 beenden die Herren ihre Runde. 3 Mal das kleine Frühstück, ein Mettbrötchen für jeden extra und viel Kaffee sind vertilgt. Würden sie das große Frühstück nehmen, so könnten sogar noch etwas einsparen. Aber egal, wie gesagt, es tut nichts zur Sache. Der Omnibus der Linie32 in Gelb mit der Werbeaufschrift der Konditorei Meiering und Mehlmann kam pünktlich, wie immer. Aber auch wie immer waren Karl, Ernst und Willi die einzigen Fahrgäste. Busfahrer Kurt wird schon lange per „du" begrüßt. Außerhalb des Ortes geht es bergauf. Rechts geht es einen Hang hinunter, bis zu einer grünen Wiese. Am Ende eine Baumreihe säumt die schöne Allee zum Weckenberg. Karl, Ernst und Willi plauderten gerade über die Einbruchsserie im Dorf. „Gert Hoffmann muss einfach mehr auf Streife gehen.", sagt Willi, „früher gab es das nicht!"… „Ja, früher.", sagt Ernst. In diesem Augenblick gab es einen gewaltigen Knall. Ein Reifen platzte. Der Bus kam von der Straße ab, holperte direkt über die Wiese. Der Bus überschlug sich nun mehrfach. Die Männer wirbelten umher, starben noch bevor der Bus vor den Bäumen zum Liegen kam. Der Busfahrer überlebte… „Ja, früher war alles besser.", sagt Ernst… über den Dingen stehend. Karl und Willi stimmten zu: „Genau, so war es."

Der Baum

Karl war ein stolzer Ritter. Wenn es ihm möglich war, so traf er sich immer mit Siglinde. Auf der grünen Wiese vergnügten sie sich. Sie lachten und küssten sich. Siglinde brachte immer einen gut gefüllten Korb mit allerhand Leckereien mit. Karl griff herzhaft zu. Es war sein letzter Kreuzzug. Außer ein paar Stichwunden ist er unversehrt geblieben. Mit Siglinde wollte er ein neues Leben weit entfernt im Süden beginnen. So entkamen sie dem schwarzen Tod. Plötzlich traf mich eine Bleikugel. Nun gut, ich war noch im Wachstum, aber sie blieb ein Leben lang in meinem Stamm. Ich erinnere mich auch gern an Rüdiger und Liebermann. Wie oft spendete ich ihnen Schatten wenn sie ihre langen Schachpartien spielten. Eines Tages gesellte sich Tiberius hinzu. Er hatte die Neuigkeit zu erzählen, dass es nur noch Arabische Zahlen gibt und nicht mehr die Römischen.

Prompt ritzte er in meinen empfindlichen Stamm einen Kreis ein und sagte, dass nennt man Null. Ein neuer Sommer brach an. Konstanze breitete unter meinen weit ausgebreiteten Armen eine Decke aus mit lauter Köstlichkeiten. Ihr Liebster liebkoste Konstanze. Beide genossen die frische, saftige Luft der grünen Wiese.

Bevor Konstanze aus einem dieser neuen, wunderbaren gebundenen Schriften als Buch etwas aus der Wissenschaft erfuhr. Eine lebhafte Diskussion erlebte ich einige Sommer später. Zwei Freunde unterhielten sich über die Sonne. Wie oft habe ich sie schon aufgehen und wieder untergehen sehen. Ich habe die Wärme genossen. Beide diskutierten heftig darüber, dass sich die Erde nun um die Sonne dreht. Ach, was interessiert es mich. Viele Paare liebten sich unter meinen schützenden Armen. Ich habe mich immer sehr gefreut. Dann sah ich 30 Jahre nur eine Verwüstung. Viele Kugeln trafen mich. Ein junger Mann betete zu Gott. Ein anderer wurde von einer Kugel getroffen. Ach, hätte es doch lieber mich erwischt. Ganz erschrocken bin ich gewesen als dicht neben mir Brüder und Schwester aufgestellt wurden. Ohne Arme. Ganz kahl waren sie. Verbunden wurden sie mit langen Leinen. Ich hörte wie zwei Arbeiter während der Pause von Telegraphie sprachen. Nun, wenn es unbedingt sein muss. Aber wieviel schöner wäre es gewesen, wenn diese Geschwister Blüten tragen würden. Jetzt glühen nur die Drähte. Ganz in meiner Nähe wurde ein fester Weg angelegt. Mit Staunen sah ich, dass die Fuhrwerke nun ohne Pferde auskamen. Dafür war es aber laut und ein unangenehmer Geruch lag in der Luft. Trotzdem amüsierten sich Luise und ihr Herrmann bei mir. Wir alle waren sehr glücklich.

Wieder und immer wieder wurde ich von Kugeln getroffen. Ein riesiges Loch neben mir in der Erde hätte mich fast vernichtet. Aber ich konnte mich noch so eben abstützen. Danach kam eine sonderbare Zeit. Junge Leute brachten Fröhlichkeit, Tanz und Geräte mit, aus denen sie eine ganze Kapelle aus einem kleinen Kasten hörten. Einige brachten schwarze Scheiben mit. Renate war ganz begeistert von einem gewissen Elvis, der mich aber nie besuchen konnte. Im Laufe der Zeit habe ich viel gesehen, gehört und erlebt. Heute haben die jungen Leute Knöpfe im Ohr. Über mir donnern schwere Fahrzeuge durch die Luft. Ich stehe immer noch auf der grünen Wiese, denn mittlerweile bin ich ein sehr alter Baum.

Der Überfall mit Folgen

Für den älteren Herrn mit Brille spielten die Fußballer von Wacker Null... na, ich habe die weitere Zahl vergessen, ganz einfach zu zaghaft. Der Herr mit Oberlippenbart meinte, sie spielten einfach nur grässlich. Der Herr mit dem Karohemd dagegen interessierte sich nicht für Fußball. Das Trio war bei Gerda Bernshofer gern gesehen, als ich sie besuchte, um diese Geschichte festzuhalten, plauderte sie sofort drauflos. Ich bin Reporter des Stadtspiegel-Anzeigers und wollte die Story gern schreiben. Das lag daran, dass ich die 3 Rentner jeden Mittwoch bei ihrer Plauderrunde sah, dabei dachte, was sie wohl früher einmal für Berufe ausgeübt hatten und wie ihr Leben so verlief. Die Gespräche verfolgte ich immer mit einem Ohr mit, denn ich saß regelmäßig einen Tisch weiter, mit meinem Laptop bestückt erledigte ich die Büroarbeit. So wartete ich bei einem Tee auf meine Frau, sie ist in der Anwaltskanzlei beschäftigt, gegen 18 Uhr kommt sie dann hierher. Nun, erwähnen muss ich, es war nicht immer Tee, liest sich aber schöner.

Wie gesagt, auch an dem ganz besonderen Tag saß ich, mit einem Ohr hinhörend, am Nachbartisch. Der Herr mit Brille fragte in die Runde, ob noch jemand die alten Porsche Wagen kennt. „Aber sicher", so der Herr mit Karohemd, „waren das nicht welche mit VW-Motor?"... „Nein", so der Herr mit Brille, „die hatten einen Doppelvergaser und ordentlich Bums unter der Haube!"... „Sach bloß", so der Herr mit Bart, „aber die Form war gleich!"... „Flacher waren sie, viel flacher, ganz flach!", entgegnete der Herr mit Brille.

Ich schrieb weiter an meinem Bericht zum neuen Schwimmbad, konnte hier wirklich nicht folgen, es war nicht meine Zeit, ich bin Jahrgang 1991. Den Unterschied zwischen Ketten- und Nabenschaltung am Fahrrad kenne ich wohl, das war das nächste Thema der Herren. Ich schätzte sie übrigens so um die 75 ein. Fragte mich dann des Öfteren, worüber werde ich wohl mit meinem Tennisfreund Sven später einmal reden? Meine Frau kam pünktlich. „Magst du ein Getränk?", fragte ich. „Heute nicht, Liebster. Beate und Klaus kommen doch heute!"... „Ach ja, fast vergessen!" Von Frau Bernshofer erfuhr ich, dass die Herren gegen 22 Uhr aufgebrochen sind. Fröhlich, wie immer, verließen sie die kleine Kneipe. Hinter dem Grünewaldweg kam ein kleines Waldstück. Hier lauerten 2 Männer, die nichts Gutes im Sinn hatten, den älteren, körperlich unterlegenen Herren über 75, auf. Die Männer waren mit

Eisenstangen und Gaspistolen bewaffnet. Es war aber nicht möglich, eine Gaspistole von einem echten Schießeisen zu unterscheiden. Es kam, was kommen musste!

In den Polizeiakten las ich später:

Die Herren Alfons D., Hubert S. und Herbert B. wurden nachts um 22.45 Uhr von den Männern Detlef R. und Richard T. mit Eisenstangen und geladenen Gaspistolen überfallen und beraubt. Zum Raub kam es nicht mehr, denn Detlef R., 32 Jahre, und Richard T., 35 Jahre, wurden derart vermöbelt, dass wir den Krankenwagen bestellen mussten.

"Ist doch klar", sagte mir Frau Bernshofer, "die 3 waren Berufsboxer!"

Ein gemeiner Mord

Ich heiße Sonja und bin 45 Jahre alt geworden. Schade, denn ich hatte das Leben noch vor mir. Als Tochter eines amerikanischen Eisfabrikanten hatte ich nur Luxus im Kopf, wobei ich aber meine Ausbildung sehr ernst nahm. Mein schulischer Werdegang ging sehr zügig voran. Das Studium der Naturwissenschaften machte ich im Handumdrehen. Mit 30, kurz nach dem Studium, lernte ich einen attraktiven Mann kennen. Etwas älter war John und Lehrer am dortigen College. Wir liebten uns sehr. Oft saßen wir abends stundenlang und diskutierten über Gott und die Welt. John war ein sehr gläubiger Mensch und konnte nicht verstehen, dass es so viel Schlechtes in der Welt gab. Wir meditierten jeden Abend miteinander. Ich hatte meinen Dr. Titel in Biologie gemacht und war sehr stolz darauf. Endlich hatte ich die Möglichkeit mit meinem Liebsten nach Texas zu gehen. Dort bekamen wir sofort eine Anstellung an einer Universität. Eigentlich waren wir glücklich, doch eines Abends, als ich von der Uni nach Hause fuhr, folgte mir ein Taxi. Der Fahrer des PKWs wurde immer dreister und fuhr schneller und schneller. Leider war mein Mini schon 10 Jahre alt, sodass ich ihm nicht entkommen konnte. John hatte auch an diesem Abend das Essen gemacht. Dadurch, dass er früher zu Hause war als ich, übernahm er die Aufgabe. John wartete. Ich kam nicht. Es wurde spät. John fuhr die Strecke ab, die ich immer nutzte um schnell zu Hause zu sein. John fand meine Schuhe am Wegesrand. Ein paar Meter weiter ein abgerissenes Stück von meiner Bluse. Ich musste mich heftig zur Wehr setzen, was mir letztendlich nichts nutzte. Jetzt handelte mein Liebster sofort und rief die Kriminalpolizei an. Es wurde zügig gehandelt und alles in die Wege geleitet. Die Beamten sicherten die Fundstücke. Aber sonst fanden sie nichts. Eine riesige Suchaktion wurde gestartet. Aber auch nach Wochen konnte keiner den Mord an mich aufklären. Als John schon fast den Glauben an die Menschheit verlor, geschah etwas, dass er nicht fassen konnte.

Etwa drei Monate nach meinem Verschwinden klingelte es abends an der Tür. Meine Schwester, die falsche Schlange, stand vor ihm. „Was wollen sie?", fragte John. Was sie wollte war doch klar. Sie wollte das Geld aus meiner Lebensversicherung. Ich hatte einen sehr fatalen Fehler gemacht, als ich meine geldgierige Schwester als Begünstige in meine Police eintragen ließ. John sagte ihr vor den Kopf, dass er mit ihr nichts zu tun haben will. Er wusste genau wie falsch sie war. Kam uns nur besuchen wenn sie etwas wollte; und ich falle darauf rein. Ihre Mitleidsmasche hatte mich das Leben gekostet. Wochen später wurde meine Leiche gefunden. Man stellte fest, dass ich erdrosselt wurde. Anschließend hat man mich entsorgt wie einen Müllsack. Nur eines fanden sie noch nicht, das Beweisstück, eine goldene Brosche mit Türkise. Abgebrüht wie diese Hexe war, ging sie zur Polizei und fragt nach dem Ermittlungsstand. Sie bekam keine Antwort, sondern machte sich nur verdächtig. Nach ihrem Alibi wurde sie gefragt, da man fast den genauen Todeszeitpunkt ermitteln konnte. In Ausreden war dieses Biest ja nie verlegen. Sie wurde ausgefragt, wie das Verhältnis zu mir denn wäre und noch vieles mehr. Schnell fand die Polizei heraus, dass sie das Geld aus der Versicherung bekommen sollte. Jetzt kam man dem Fall schon etwas näher. Einen dubiosen Freund hatte sie, der auch nichts hatte, sondern ständig Schulden machte. Außerdem war er vorbestraft. Mit so einem Ganoven hatte sie ein Verhältnis, diese Schlampe. Und ich hab' ihn quasi mit unterstützt. Na ja, was soll es, jetzt brauche ich mich wohl nicht mehr darüber aufregen.

Jedenfalls gingen die Ermittlungen in meinem Fall weiter. Einige Wochen später klopfte die Kripo an unsere Tür. Es wurde eine Brosche gefunden, sagte zu man John. Wem denn diese gehöre, wollte man wissen. Es kam keine Antwort. John wollte einfach nur seine Ruhe haben. Er war ein gebrochener Mann. Es sollte noch einige Zeit vergehen, bis man darauf kam, dass meine Schwester mich aus Habgier umbringen ließ. Diese Giftnatter hatte es nicht anders verdient. Gut, dass man die Brosche fand, sonst würde ich mich im Grab umdrehen, wie man so schön sagt. John bekam dann nach langem Hin und Her das Geld von der Versicherung. Na ja, wenigstens etwas Erfreuliches.

Jedenfalls hatte ich eine tolle Beerdigung und freue mich, dass John wieder eine neue Frau hat. Wie schnell das doch ging. Na, ja was soll's.

Eine Straßenbekanntschaft

Er saß in der Einkaufsstraße auf einer Decke. Neben sich einen Hut liegend, in den die vorbeilaufenden Menschen eine Kleinigkeit hineinwerfen sollten. So stellte er sich jedenfalls den Tagesverlauf vor. Er selbst spielte auf einer Mundharmonika, oft Volkslieder. Er konnte sehr gut darauf spielen, fast professionell. Eigentlich war er nicht der typische Bettler, sondern strahlte etwas Mystisches aus. Er saß auf einem Hocker. Seine Augen gingen hin und her. Ludger hieß er. Ein etwa 30 Jahre alter Mann. Durch einen Unfall verlor er seinen Arbeitsplatz. Er konnte seinen Job nicht mehr ausüben, weil ihm ein Bein fehlte. Ludger fuhr einen Schwertransporter. Fast jedes Land konnte er so kennenlernen. Er liebte seine Arbeit. Seine Frau unterstützte ihn nicht, sondern trennte sich von ihm. Sie ließ ihn einfach im Stich.

Nun versucht er hier in der Einkaufsstraße von Westerland sich noch einen kleinen Betrag zu erbetteln. Wie sollte er sonst überleben? Seine Miete und andere Kosten übernahm das Amt. Nur zum Leben blieb ihm nicht viel, da er noch für die Schulden seiner Frau gerade stehen musste. Eine traurige Sache. Ludger schwieg über seine Lebensgeschichte. Er wollte nicht ausgefragt werden, denn er schämte sich zu sehr. Wochen und Monate verstrichen und der junge Mann saß immer noch dort, jeden Tag spielte er auf seiner Mundharmonika. Mittlerweile war es eisig kalt.

Es schneite, sodass sein Hut voller Schnee war. Trotzdem spielte er weiter und immer weiter. Die Leute liebten ihn mittlerweile und hatten sich daran gewöhnt, dass er da saß. Eines guten Tages stand Heidi vor ihm. Sie hatte schwarze kurze Haare, war schlank und sehr hübsch. Er wusste nicht wo er hingucken sollte. Wie peinlich ihm das war, dass sie ihn so sah.

Eine so schöne Frau schaute ihn fragend an und er konnte nicht entweichen. Ludger hatte ein hübsches Gesicht, darum fiel der Blick nicht auf sein fehlendes Bein. Heidi war zehn Jahre jünger. Sie kam aus einem wohlhabenden Elternhaus, hatte das Abitur gemacht und arbeitete im Krankenhaus. Mit der Zeit kamen beide ins Gespräch. Sie erzählten sich ihre Lebensgeschichten. Sie wurden immer vertrauter miteinander. Heidi lud Ludger immer öfter zum Kaffee trinken ein. Eigentlich sah sie nicht, dass ihm ein Bein fehlte, denn sie hatte sich unsterblich in diesen Mann verliebt. Ludger liebte auch Heidi. Erst hatte er

Bedenken aber die Liebe war schon so groß, dass er nicht mehr zurück konnte. Heidis Eltern waren beide Ärzte und nicht damit einverstanden. Aber das junge Mädchen setzte sich darüber hinweg und brachte Ludger eines Tages mit nach Hause.

Die Prachtvilla stand am Rande des Hafens. Es war ein Sonntag. Ludger hatte sich seine besten Sachen angezogen. Heidi trat mit ihm ein. Ihre Eltern betraten den Flur des Hauses und begrüßten Ludger, obwohl sie mit der Verbindung immer noch nicht einverstanden waren. Alle setzten sich an den Tisch und Ludger fing an zu erzählen. Alles sagte er, so wie es wirklich war. Er wunderte sich über sich selbst, wie locker er wurde. Heidis Eltern hörten aufmerksam zu. Nie zuvor hatten sie eine so herzergreifende Geschichte gehört. Mitleid empfanden sie nicht, sondern bewunderten Ludger, dass er so viel Mut hatte, seinen Alltag zu meistern. Sie kamen gut mit ihm klar und mit der Zeit mochten auch sie ihn sehr.

Heidi und Ludger heirateten in Weiß und zogen in die Villa ein. Sie wurden glücklich, obwohl Ludger älter war. Aber das wurde von dieser wunderbaren Liebe ausgeglichen. Ludger bekam eine teure Beinprothese und lernte damit laufen. Man sah nichts mehr von seiner Behinderung. Von nun an war auch er wieder ein zufriedener Mann.

Informationen über die Sylter Inselbahn

Unser Freund und Mitautor „Koli" ist noch mit der Sylter Inselbahn mitgefahren.

So erzählt er:

„Vom dänischen Hafen Hoyerschleuse aus trafen die Inselgäste im Hafen Munkmarsch auf Sylt ein. Um diese Gäste nach Westerland zu bringen, wurde die Ostbahn gebaut und ab 1888 eröffnet. Gäste, die über Helgoland nach Hörnum auf Sylt kamen, wurden ab 1902 von der Südbahn nach Westerland gebracht. Ab 1903 fuhr die Nordbahn von Westerland nach Kampen. 1908 ging es dann bis List. Als 1915 die Verbindung zwischen dem Südbahnhof und dem Nord/Ost-Bahnhof in Westerland fertiggestellt wurde, bestand nun eine Verbindung zwischen dem im Süden gelegene Hörnum und dem im Norden gelegene List. Der alte Südbahnhof lag etwa an der heutigen Käpt'n-Christiansen-Straße. Die Trasse in Westerland ist der heutige Bahnweg. Etwa zwischen dem Fernsehturm, der neuen Post und dem Rathaus war das Bahngelände mit Nord/Ost-Bahnhof und den Werkstätten.

1923 wurden beide Bahnhöfe geschlossen. Der neue Bahnhof ZOB wird in Betrieb genommen (Zentraler Omnibus-Bahnhof). 1927 wird die Ostbahn geschlossen, da der Hindenburgdamm die Überfahrt Hoyerschleuse nach Munkmarsch überflüssig machte. Mit der Zeit wurden die Fahrten immer unrentabler. Außerdem entsprachen die in den losen Sand gebauten Schienen nicht mehr den Sicherheitsansprüchen.

Die Fahrten wurden von Bussen übernommen. Die letzte Fahrt der Inselbahn fand im Dezember 1970 statt. Die Trasse der Inselbahn ist heute zum größten Teil ein Wanderweg. Die Achsen erinnern am Bahnhof in Westerland an die Sylt-Bahn."

List
Klappholttal

Vogelkoje

Kampen
Wenningstedt
Westerland   Munkmarsch

Dikjen-Deel

Seeheim Rantum
Rantum

Puan-Klent'
Hörnum-Nord
Hörnum

Die Straße der Höflichkeit

Autor KOLJ aus Tinnum erinnert sich:

Die Inselbahn war bis 1935 die einzige Verbindung zwischen Rantum und Hörnum. Alle Lebensmittel, Post usw. wurden so nach Hörnum gebracht.

Danach erhielt Hörnum einen Anschluss an das Straßennetz. Diese Straße war einspurig und bestand aus Betonplatten. Man kann sich das wie eine Fahrt über die alte Panzerstraße in List vorstellen.

Es gab nur alle 200 Meter Ausweichbuchten. Oft musste rückwärts zurückgesetzt werden. Nicht selten landete ein Fahrzeug auch im Sand und musste herausgeschleppt werden.

1961 wiesen dann hohe Stangen auf diese Ausweichbuchten hin. Die Fahrer nickten zum Dank oder winkten dem Wartenden zu. Daher der Name „Straße der Höflichkeit". Als 1970 die Inselbahn verschwand wurde die Strecke zweispurig ausgebaut.

Koli zeigt uns das alte Wappen der Gemeinde Sylt-Ost.

„Entworfen von Hubertus Jesse.

Es zeigt einen Hering, die Sonne und 5 Sterne.

In der oberen Hälfte ist das Wappen in Gold, unten in Blau.

Die Sonne erinnert an die Sonnenaufgänge über dem Wattenmeer.

Die fünf Sterne stehen für die Teilgemeinden Keitum, Tinnum, Archsum, Morsum und Munkmarsch.

Der Hering wurde als Siegel von der Sylter Landvogtei bereits im 17. Jahrhundert geführt.

Alles ist in den alten friesischen Farben gehalten.

Das Wappen war bis Ende 2008 gültig, danach schlossen sich die Gemeinden Sylt-Ost und Rantum mit Westerland zu einer neuen Gemeinde zusammen.", so KOLJ